답신

이춘 시집

초판 발행 2018년 1월 15일
지은이 이춘
펴낸이 안창현 **펴낸곳** 코드미디어
북 디자인 Micky Ahn
교정 교열 백이랑
등록 2001년 3월 7일
등록번호 제 25100-2001-5호
주소 서울시 은평구 갈현로 318-1 1층
전화 02-6326-1402 **팩스** 02-388-1302
전자우편 codmedia@codmedia.com

ISBN 979-11-86104-79-8 03810

정가 10,000원

답신

이춘 시집

까마중

누구나 가슴에 시 한 편 살아 있다는 말을 빌려 이 시집의 출현을 변명한다. 생의 연금鍊金이며 영혼의 단련이라는 말도 차용한다. 설마 그 비술秘術의 연금일까만, 단련鍛鍊의 터널에서 꺼내고 보니 괴이쩍고 변모의 행방이 보이지 않아 내놓기 두렵다.

– 이춘

contents

01 ——————— 10월의 밤은 ———————

바쁜 웃음꽃 — 02

contents

03 ——— 빛과 어둠 사이 ———

풀린 못가에서 ———— 04

산벚나무 가지에선

안아도 넘치기만 하는

쏟아지는 꽃구름

- 1 -

10월의 밤은

답신

산벚나무 가지에선
안아도 넘치기만 하는
쏟아지는 꽃구름

아득해지는 생각
꽃잎 한 줌을 물에 띄웠네

버들치 허리에 무지개 떴다
징검돌에 두고 온 프리즘

연초록 언덕길이
남빛 아지랑이 속에
멀어져 간다

옛 엽서

늦게 핀
후박나무 꽃술이
느릿한 오후의 장맛비에
두껍게 젖는데도
기다릴 것 없는 가냘픈 소식을
서성대는 발걸음에 맡겼네

파도 소리를
서로 끊었다가 또 이어주던
그때 그 해변 그 소녀의
하모니카 소리가
그늘 짙은 숲 아래
직박새 울음을 따라왔는데,

바래진 옛 엽서를 들고
젖은 오후의 추억이
기적汽笛을 잃어버린 기차
원근 없는 남행 차창에
끊었다 이어지는
빗금을 그린다

가을 길

지난 계절의 말들이
맴돌다 잦아든 앞 강 기슭엔
잊혀진 듯 여울이 고요하다

햇살이 짧아진
초가을 언덕에는
푸른 숨결이 아쉬움 되어
한 곳으로만 흐르네

잎새들은 오랜 길 위에
새로 듣는 이야기로 쌓이고
태양은 만나지 못하는 까닭을
맑은 햇살로 달래는데

숲에서는
만남의 길에 서로 함몰하는
타오르는 불길이 충돌한다

늦가을 언덕에 찬비 내리니

잎 진 나무 아래
지나가는 바람 소리
을씨년스러워서 가까이 맴돌다
깊이 쌓인 낙엽에 잦아들고

바람결 품어 안은 낙엽
찬 빗방울에 서러움 풀어내고

푸른 이끼로 스며들 바위 곁에
채 마르지 못한 국화 한줄기
잊은 듯 가만히 기대 서 있다

가지 사이 높은 하늘빛
차갑게 닿을 듯, 푸르다

빈 골목

담 너머로 휘어진 가지 끝에
주인도 무심한 채 매달린 살구 세 개
서둘러 익었을까, 떨어져 으깨진 속살에
부드러운 노을빛이 흘러내렸다
며칠 후에 떨어져 더 잘 익은 또 한 개는
깨어진 틈새로 노을빛이 짙은데도
아무도 눈여겨보지 않았다

남은 하나를 초조히 생각하다
다음 날 이른 새벽 찾아갔을 때
떨어졌을 바닥엔 자취도 없고
가벼워진 살구나무 가지만
이른 아침 바람에 담 너머로 너울거렸다
텅 빈 생각에 아무 이름도 짓지 못하였다

저문 산책길

기운 이정표가
길을 막아,
호수로 난 길에 발길은 없어지고,

헤쳐 나가는 길,
거침없이 돋아 막무가내로 얽힌 풀숲 사이로
많은 날들의 이야기가 아득해지며,

잊혀져 가는 것들이 교차하는
길목 바위 위에서
잊어야 하는 것들로 내몰린 말들이
달빛에 부서져 울고 있었다.

호심에 잠긴 말들이
부초처럼 떠오르는 수면 위에
필연코 말릴 수 없는 돌아감이
구별 못하는 돌아옴에 부딪치고 있었다

탄천을 거닐며

질긴 부들 숲 위로
해오라비 날다 거닐고
철 맞춰 시든 민들레의 자취는
물기슭에 선명하다

머리 위 아스콘 포장길에
차들 분주히 내달으며
마음 다 열지 못하는 고통이 흘러도
곁눈질은 상식으로 매끄럽다.

밤새 내린 눈이
차선 밖 창백한 풀들 위에 얼어
어제를 묶어 잊어버린
남은 갓길에 하얗다

10월의 밤은

드리운 가지 끝
잎새 하나를
떨며 안타까이 놓지 못하고

시드는 잔꽃 언저리에
깊어지는 물빛을
물러서는 황혼 녘 설움으로
착각하는 밤

들을 수 없는 대답을
찾아 나선 바람은
빈 길을 휩쓸고 가는
제소릴 모른다

산개울 가에는

옥수수 꺾어낸 밭머리
마른 대궁이 부러지는 소리에
놀란 청개구리 비를 부르네

숨죽여 건너던 징검돌
망설이다 입가는 땀에 젖고
입속을 맴돌던 떨림은
끝내 눈으로만 두근대다
조약돌 치고 가는 여울물에 흘렀네

작은 비비새 소리에 우수수
소스라치는 사시나무 잎사귀가
빗소리에 떨며 하얗게 부풀었네

석양에 서서

석양 내리기 전
아득한 벌판 방둑에
그림자 드리우며 길게 날던
흑갈색 독수리
숲을 저어 돌던 바람결에
깃을 한번 촥 펴서 잠깐 하강하다가
다시 솟구쳐 오른 저무는 냇바닥엔
작은 패랭이들의 웃음꽃이
파랗게 질렸다

남은 햇살에 튕겨져
패랭이 무리 흩어지고
방둑을 덮은 흰 옥양목 긴 휘장에
지나가는 커다란 그림자
석양에 처연하다
차차 옥양목 긴 휘장이
더욱 처연해지며
벌판 끝에서 다가오는
어둠에 묻혀 버린다

'까마중'이라는 풀

바람결 이미 찬 언덕길
동그란 잎 시울 아래
이슬처럼 맺혔다가
해 질 녘 까만 열매가
달빛 아래 가만 가만
서럽다, 부르는 소리

참고 시들다 옹어리졌나
까맣고 까만 열매,
불러도 대답 없으니

겨울로 가는 늦가을 길섶에
그립다, 다시 불러 보는,
물소리 낙엽 밑에 잦아져도
달빛 아래 다시 피는
새하얀 별 꽃

오늘도 무지개를 보았네

비 개인 나무에
작은 바람결 스치고
가지 끝에 매달린 물방울은
맑은 구름 빛을 머금었네

잎에서 떨어지는 물방울
땅 위에 작은 파문을 그리면
나리꽃 적시며 돌 틈에 스며드는
개울물 물소리 들렸네

키 큰 미루나무 물에 잠겨
자리 잃은 새들 숲으로 날아들고
강물이 큰 소용돌이로 흐를 때
비로소 천둥소리 들었네

오늘도 나무들 사이
잠시 갠 하늘 보이고
먼 산정을 넘어 들을 건너오는
찬란한 무지개를 보았네

유등 流燈

진정 소식이나 전할 양이면
등燈 하나 가만히 띄워 놓고
돌아서도 되는 것을,

그래서 저 홀로 흘러
언젠가는 닿을 것을

무슨 저민 이야기를
저리 많이 새겨 넣어
강물은 쉼 없이 달빛 따라 흐르는데
은하가 기울도록 맴돌고만 있는가

머위밭에 빗소리

해 질 녘 비탈밭 어귀에
널브러진 머위 잎사귀를 후들기는 빗소리,
흔한 초여름 가는 빗방울 소리

6·25 상이용사 나의 큰 고모부의 귀에는
국방색 함석지붕에 깨어지는 우박 소리였다가
한줄기 하늬바람 불고 나서는
산 개울 울리는 한정 없는 물소리라 했는데,

터무니없는 노인네 청각이 우스웠지만
적막한 산비탈에 뛰다 말고 울렁이던
젊은 날 그의 모습이 기우는 햇살을 흔든다

노을 머금은 물소리에
지향도 없는 그리움이 몰려와
너울져 일렁이는 머위 잎사귀에
건 듯 바람 불고 여우비 긋는다

비를 맞는다

보도 위에 빗방울 별로 지는 시간에
시선 고요히 빗물 위에
맑은 동그라미를 그리고
연이어 지워 내는 자리에는
서둘던 누이의 설움이 고이더니

오늘은 바람에 몰린 빗줄기가
거친 맥박으로 깃대를 두드려도
아무것도 듣지도 느끼지도 못하고
되울림만 튕겨내는 나무들
풀들 무심히 젖어 있고
풀에 묻힌 돌들 무정을 모른다

수면 위에 그리다

호수 위에 새 한 마리 날고
바람이 갈참나무 숲을 흔든다

드리운 가지 끝 잎새 하나 떨어져
오직 비출 뿐 외면하던 호면에서
잠시 춤추던 물무늬 안개 속으로 번져간다

뒤이어 떨어진 나뭇잎에
새로 생긴 잔물결이 쫓아간다
앞서가는 파문을 쫓아만 간다

두 개의 동심원이
드리운 가지에 걸려 형상이 부서져도
좁히지 못하는 간격 그대로
먼 물가로 번져간다

회전목마

목마 타는 아이들 바라보며
가슴 잠시 졸이네

빙글빙글 목마들은 빨리 돌고
저 아이들 혹시 어쩔까 싶어
조마조마하다가 실없이 혼자 웃었네

후두둑 여우비 듣자
멀리 무지개 뜨고
목마는 불끈 솟아 풀쩍 내닫고
가슴엔 우루루 먼 천둥이 치네

한낮 드림 파크
라일락 숲속에 참새들 재잘대고
아득히 한 사람 가고 있네
나는 멀리 와 있네

목마는 내달리고
나는 하늘 멀리 바라보네

천둥은 검다 말고 구름 속에 옅어져

꽃 진 자리에서 부서져 흩어지네

- 2 -
바쁜 웃음꽃

바쁜 웃음꽃

우륵재[1] 나루 건너
자갈 내 맑은 한촌 들 그린하우스 단지

황새도 왜가리도 뚜벅뚜벅, 사람도 느릿느릿
마주 보며 물끄러미 하루해가 가는데

매양 노는 듯한 손들이 어느새 서둘러
피망 브로콜리 양상치, 자굴산[2] 곰취를 싣고
새벽 트럭들이 부산 대구 서울로 내닫고

키 큰 미루나무는 갈잎 질 때 아니라도
가마득 줄이 길어 어느 때고 향수는 목에 차고
언제 날아든 건지 메타세콰이어 한 그루가
미루나무 갑절로 커, 하우스를 휩쓸 것 같아서 ---

강풍도 제풀에 놀란 양, 조마조마
쓸고는 쳐드는 고개가 저도 몰래 웃었고
스프링클러가 돌고 있는 하우스 한 켠에
하얀 찔레꽃 한 무리가 웃고 있었다

한 뼘이 아쉬운 하우스, 가시 찔레가 웬일!

바쁜 여울물, 연지볼 까매진 골에 웃음은 더 바빠

기러기 발끝도 붉은 노을을 탄금하고 있었다

목련

언젠가는, 다문 입술이
저러다 깨어질까!

기다려 보는 것도
믿을 수 없는 세월
하늘 문득 올려다보는 중에
볼이며 입시울에
반 녹은 수렁 못 실이끼가 피었고
언제 열어 줄려나, 잠긴 창틀에는
녹綠내가 짙다

알고 찾아온 바람결도
돌아서는 저 길에
풀린 밤비가 시름시름
닫힌 문을 적신다

살구꽃

이른 봄날 푸른 실바람 안고
꿈길 걸어 닿은 곳

살구 향기 아직은 깊이 품고만 있는 채
환영으로 어룽지며
가만히 웃고 있었네

끝만 붉은 채
열지 못한 꽃망울 가에로
재빨리 스쳐 지나가는 어린 응석을 섞어 내면서
파리한 은회색 웃음을 짓고 있었네

저 맑은 웃음은
꽃향기 너머로, 고개 넘어 먼 곳
구름 닿는 곳에서 웃고 있어도
저만 닿지 못하는
슬픈 기다림을 모르네

싸리꽃

기차가 산허리를 질러가며
짧은 기적을 던지고 사라진 다음
늦여름 갑산山 비탈에는
두꺼운 적막이 내려앉고 있었다

저녁 햇살을 헤집고 나는
새들의 행렬이 서쪽 하늘로 사라진 다음
계곡에는 노을이 잦아들고
산은 물빛으로 함몰하고 있었다

싸리꽃 자홍빛은 호수를 머금은 건지
홀로 타다 꺼져버린 애달픔인지
빛바랜 보플 구름을 머리에 쓰고
자청한 적막에 시달리고 있었다

빈집 1

검댕이 묻힌 얼굴을 비춰보며
울음 밑에 웃음을 감추던 얼룩진 큰 거울은
빈 마당귀를 비추며, 여태 가름벽에 환한데

어른들 애를 태우려고 돌려대던 빈 맷돌은
네 속도 함께 탄 일을 알고나 있는지
먹을 사람 없는 구름 뜬 우물가에 주저앉아
우수수 몰려드는 감잎에 싸여 있네

저절로 피고 자란 맨드라미 무리가
붉은 물길처럼 휘돌아 나간 낡은 격자담 위에서
세월의 두께로 자란 바위손 열쇠가
그때 그 금단의 문을 활짝 열어놓았다

홍매화

꽃잎 하나
물에 떠 흐르네
산 그림자 두고 흐르네

흘러간 그 소식
기다려봤지만, 대답 없네

꽃빛 아니라도
외로움 가득하여
대답 올 줄 알았네

흐를 줄 모르는 산 그림자

닿지 못한 저 편지
강기슭 여울에 맴만 도는
꽃잎 하나

마른 붓꽃은 바람에 쓸리고

그때는 하늘빛 꽃의 이름도 몰랐지요
긴 꽃대에 고개만 살랑이던 모습을 바라만 보고 있었지요
당신은 한쪽 손을 올려 바람에 흔들어 보이고
바람의 방향을 거스르며 손짓도 했었지요
나는 숲으로 날아드는 새의 울음에서 떨어지는 유리알을 보면서
빛깔도 모른 채 건성 무슨 말로 대답만 해놓고
당신의 발걸음이 내 발등을 밟고 지나갈 때에야 비로소
날카로운 푸름이 뜻 모를 고요함으로 나의 무릎에 닿았지요
이제는 차가운 무서리에 시든 꽃대를 바라보며
당신이 걸어간 그쪽으로의 반대로 난 길에서, 저린 발걸음으로
나는 자욱한 안개를 휘저으며 걷고 있지요

꽃그늘

검은 진주알 눈을 깜박이는
서양종 개 한 마리가
쩌억 벌린 입보다 긴 하품을 하네

라일락 그늘 아래 흐르는 시간은
고요할 뿐 게으른 외면이 아니네

머리 위로 날리는 꽃잎들
그림자 두고 떠날 허상처럼 춤추고
가지 아래 날아드는 새들은
안달도 성화도 아니네, 귓속말이네
진정을 몰라 더욱 내밀하고

기쁨이란 잠시 꽃잎처럼 날고
남겨진 사이는 모호한 간격
마주하며 공허로 아프기도

심호흡 기지개 켜는
나른한 사랑, 꽃은 고요히 지네

천년의 미소

바위 끝 물소리 이슬져도 적막한데
그에 더 깊어 일러, 심산유곡이라더니
운수雲水는 발길을 돌려 저문 해를 지고 섰다

열 구비 산골에 한발 늦어 열두 길은
여염의 셈으로야 열한 길이 맞다 한들
천년이 마애磨崖한 미소는 무엇으로 헤아리나

때까치 저물도록 넘나드는 벼랑 위에
볏 머리 뜯긴 깃털 산 숲을 어질러도
미소는 천년을 머금고 이슬로만 파적破寂한다

낙화 후에

꽃 진 나무 사이 새 한 마리 날아와
고개 갸웃거리네

잎들 무성해 초록은 짙고 아득한데
하늘 먼 곳에서 아직 익숙하지 못한
소리 들려오고

천둥은 검다 말고 구름 속에 옅어져
꽃 진 자리에서 부서져 흩어지네

새의 날개 적시는
꽃 진 못가에, 수련 한 잎
다만 떠 있네

꽃들의 말

작년 늦봄 노을 녘에
꽃은 거의 다 진 라일락
가지 하 나 무슨 일로 꺾으려다
그만두었다, 질긴 줄 지레짐작하고

목련 한 가지를 마음에 얻어 두고
사흘쯤인가를 오가며
곁눈질로 보던 담장 너머
시들어 쳐진 모습에서 돌아선 바로 뒤였다

다하지 못한 이야기들 감추고
한참 후에 이런저런, 눈길 하늘에 두고
아픔 같은 말을 하는 것은
아껴 손질하던 장미에 손가락을 찔리고서다

가만히 다가선 안개꽃이
조심스레 자락을 감추며
고요한 미소로 한마디 던지는 걸
알아듣지 못하였다, 지금도

능금나무

보기만 해도
입가에 신맛이 도는 능금
혹은 너무 시고 쓰기도 해
갖다 붙인 별명, 개능금
말이 맞이지, 무슨 약이라면 몰라도
그냥 먹자면 참말로 약 맛이고
개능금 맛이다

커다란 덤불숲에 싸인
능금나무가 드센 비를 맞는다
튕겨 나간 물방울은
풀숲 위에 안개로 어리고
하늘로 퍼지지도 못하는 안개는
따라 붓는 빗줄기에 주저앉고
찢겨진 이파리들은 바닥에 누웠다

덤불숲은 비에 눌려
땅 위에 널브러지고
가시덤불 고개도 꺾여지는
세찬 빗줄기 속에서

그깐 개능금을 올망졸망 매달고
찢겨 떨어진 이파리 내려다보며
능금나무 한 그루 서 있다

산머루

산새들 눈 맞춤에
풀 내음 물빛으로 여물고
짙어 가는 동그라미 꿈
이슬 맺혀 아련하다

노루들 쉬어가는
검은 바위 너머로
황홀히 웅어리지는 그리움
푸른 연모가 외로워
뜨거운 햇볕
아득히 먼 산정
닿을 듯 못 이룬 사랑
먹빛 머루가 익는다

주목의 붉은 열매

오래전에 잊은 걸까
검푸른 가지 밑에 마른 잎은 쌓이는데
바람 불어도 울지 않고
바람을 타지도 못한다

마주 선 석상의 가슴팍엔
어둠을 적셔 내리는 이슬이
은빛 부조浮彫로 반짝이는데,
입을 다문 채, 밤새의 지저귐도 듣지 못한다

날 선 잎들의 틈새 은밀한 열매들이
차마 감추지 못하는 붉은빛을
그나마도 말려 흔적을 지우려
차가운 달빛에 얼고 있다

나무는 비에 젖어

저물녘 빗소리를 듣는
잎 진 가로수 길
쓸려 모인 낙엽 더미 위에서
겨울 화초 한 송이가 부서진다

가까이 닿아도 소용없는
스쳐 지나간 느낌같이 희미한 말들이
바람으로 몰려 흐르다, 돌아와
낮은 소용돌이로 귓가에 맴돈다.

나무 곁에서야, 하물며
젖은 나목의 빈 가지 위에서야
서러운 마음 비울 줄 알지만
바람은 제 말을 다 못하는 채
낙엽 위에 분열하는 그림 조각들을
꿰맞추다 말았다, 또 맞춘다

성긴 빗줄기가 길을 막는다
흩어지는 낙엽을 붙잡는다

마른 잎

눈 내리는 작은 숲길을
되돌아 내려오는 길,
오를 때 남긴 발자국 보이지 않고

어느 절에선가 보내는
간격보다 긴 종소리의 여운이
사라지는 흔적들 위에 울린다

길섶에 떨어진 새의 깃
잔해殘骸 사라진 날개 한쪽
소멸의 길에서 소리에 마찰한다

마른 잎 하나, 무엇으로
알 수 없이 매달린 가지에
작은 바람이 쌓인 눈을 턴다

풀잎

낮은 곳을 지켜
외진 길섶에 머물며,
가지 끝에 묻어오는
한 뼘 하늘을 이고,

바람에 스치며
흙의 숨에 귀 기울이며,
증발을 순환하며
시련을 견디다,

잿빛 돌들의 틈에서
굽은 나무의 언저리에서
이슬에 짚어가는
별빛을 모은다

텅 빈 생각에 아무 이름도 짓지 못하였다

- 3 -

빛과 어둠 사이

풋잠

기다림에 하염없는 촛불
이슥도록 제 그림자 흔드는 밤

곱잠에 접힌 어깨 위로
잃어버린 것의 애달픔이 꿈결에 흐르는가
가없는 미소야 잊음조차 가이없고
때로 깨무는 듯 입가 절로 젖는다

기다림, 아마, 그냥 바람인 걸---
채우려다 말고 돌아서는 빈자리
쓸고 가는 바람은 산 숲을 흔드는데,

채 못 비운 마음 한 켠을
채워 오는 물소리

까마중 2

미소 머금은, 그날의
작은 언어들이
햇빛 아래 한 올 실눈을 틔웠을 때
초조 속에, 나는 숨죽이고 있었네

더 작은 야생화로 피어난
까만 꽃대 위에서
고요히 허물어지듯 웃고 있을 때
알지도 못하는 절망에, 나는 울었네

들길 지나 산길로 접어들며
어느새 사라져 버린 담홍빛 미소여,
이제사 비로소 안개 속을 헤치고
흐린 윤곽으로 서 있는 모습 앞에
손 모아 몇 마디 회한을 말하려 하는데
깃 바람이 수면을 흔드네

젖은 눈으로나 고개 들고
내 생각하는 인사를
어디로 보내야 할지 더듬고만 있는
먼 등성에 안개 자욱 내리네

빛과 어둠 사이

소나기 멎은 맞은편 하늘은
여전히 짙은 구름에 가려 깜깜하였고
어디쯤 맞닿아 있을 하늘도, 들녘도
윤곽을 지워 버린 어둠에 묻혀 있었다

돌연히 한줄기 섬광이 번쩍이며
하늘 아래로 산의 모습이 드러나는 순간
가득한 능선에 걸친 어둠이
거대한 공룡의 형태로 꿈틀대고 있었다

잴 수 없이 깊은 틈과 사이들이
긴 산맥의 협곡으로 이어져 있었고
빛은 한 깃을 만지는 순간마저도
어둠에 오직 함몰할 뿐이었다

발

기울어 틀어진 창틀 아래
흰 벽면, 빗물 자국이
먼 나라 지도 같기도 하고
큰 새 발자국 같기도 하다

기운 틀에 끼인 채
바람에 떨며, 더러 웃는 유리창에
낯선 새 한 마리가 발을 붙여
앉으려 발버둥을 친다

창틀이 나를 닮아 기울 때
비스듬히 함께 흐른 날들의 흔적이
이 모양 저 모양으로 바뀌고,
안타까이 미끄러지는 새의 발은
스스로 족적을 되풀이 지운다

새

투명한 유리 빛이
무거운 회색으로 덧칠된
통유리 창에 기대서서
생각하는, 그 먼 곳 한가로운 곳
기억을 멈추는 곳

빈 우물에는
지난겨울 먹이 찾아
창틀에 기웃대던 새 한 마리가
검은 날개 끝에서
흰 구름 조각을 떨구었다.

숲 밖을 에돌다
수수로이 져 내리는 낙엽에 묻혀
잠시 앉아 쉬는 눈빛
붉은 물기가 흘렀다
새의 눈에 가을이 깊다

잃은 날들

물이 좋아 노닐던 물에
젖은 날개가 무거운 물잠자리
물에 비친 산 그림자 위로
낮은 비상을 한다

지나간 날들이 쌓아 놓은 무게에서
기다림은 젖은 기억이 되고 –
다 못한 애달픔 같은 것이
물가 풀꽃처럼 피는데

이야기 잠겨 있는 수면 위로
한가한 거룻배 한 척
긴 물살을 일으킨다

화장 化粧

옥수역, 강변 어느 집 담장
늦여름 폭우에 때맞춰 몰아친 돌풍으로
촘촘했던 기왓장이 일그러지고
벌어진 틈새, 꽃머리를 밀어 올린 석류 한 송이가
저는 무심한 듯 하늘 보고 있었지만,
이럴 즈음이면 서멀거리는 궁금증에 나는
조심스레 곁눈질을 하였는데,

수십 년 쌓여 자란 돌이끼는 부서지고
대를 이어 살아온 명아주 대궁이도 거꾸로 섰는데
붉게 드러난 담장 속을 들여다보는
나의 탐미안은 무시되고,
교만이 아름다운 꽃빛은
매섭게 앙다문 입술 풀어지며
눈물 맺혀 일그러지네

찰나를 매만지는 불안이여,
진홍의 꽃빛이여!

작은 소리

억새 하늘대는 언덕에
구름 머금은 구절초
푸른 배경에 스며든 백자 빛이
눈부셔, 눈물짓게 하여

눈 감으면 들리는 작은 소리
아득히 떨림으로 오는 소리
알 수 없이 허물어지던
낮은 그 소리

물러서 실눈 감아보고
다가서 눈 맞춤 하여도
빈 가지 끝에 그냥 그 소리만
멀어지다 잠시 머물고는
되울림 없이 사라지는
구절초 마른 언덕에
저문 바람이 분다

이포강 겨울
- 공무도하(公無渡河)

살얼음 잡힌 강기슭
마른 물억새 가지 위에
하늘빛 닮아 가는 작은 새 한 마리
해 질 녘 흩날리는 눈발 서리 치며
갈 길 놓은 채 곤줄 박힌 푸른 잔등을 턴다

이따금 바라보는 강 건너
잎 진 하얀 나무들 스친 바람이
채 얼지 않은 강물 위에 잔물결로 불러도
발길 못 떼고 꼬리 깃만 들었다 놓았다 하는
새의 속 깃을 밀어 올린다

조약돌 덮은 눈에 찍힌 발자국 언저리에
얼어붙어 떨고 있는 푸른 깃털 하나
망설이다 떠난 흔적 위에
싸락눈 내려 더 깊어가는 강심에는
겨울 강의 울음도 깊어지겠다

아리랑 정선에

정선 동강江에 마리풀 일렁이니
구름 머무는 산빛이 맑아라!

느릿한 아리랑 가락 가슴에 무거운데
어디서 작은 울림이 옥적玉笛에 실려와
연모는 청옥빛 머루알로 익어가고---

마음 붙일 데 없다 함은
그 심중 풀어 그에 두고픔과 어찌 다르랴
떠나기 싫어서 붙일 데를 찾는데---

옛 선인들 들어가선, 아니 돌아 나온 일을
새로 새겨 찾으니, 그곳은 두문杜門동
옷깃 잡아주는 풀꽃마저 반가운데---

언제 다시 오려나, 두고 오는 마음
아리랑을 넘는다

추성 秋聲

언제던가 어느
저문 날 밀밭 길 개울가에
낙뢰 소리 피하다
놀라 내달린 발자국 남겨놓고
찔레꽃 솔바람에
꽃잎 흩어지듯
떠나시더니---

전하지 못하는
푸른 소식이야
기다리는 마음도 같을 테지만
노을빛에 산나리 꽃잎 이울 듯
창가에 스치는 갈바람 소리가
저절로 찾아온
소식이었소

그리움

잎 진 나무에
감만 여남은 개
하늘 배경에 매달린
사진 한 장

하루 꼬박 걸어도
못다 넘는 산길에
모호한 말로
쌓여 있네

두 쪽으로
나누지 못한 채
한쪽에만 쌓여
더 무거운 것

감빛 밝아도
더 무거운 것
더 무거운
그리움

청상 농부를 곡哭함

6·25 그해 시집와서는 닷새 만에 홀로되신 나의 큰외숙모, 장독대 접시꽃은 무슨 청승인지 홑잎만 피더니, 유복자도 없는 전쟁 과부였는데, 둥글넓적 5남매를 낳은 작은외숙모에겐 말로는 손윗동서 형님이고 말이 큰어머니지, 십 리 강변들에 농신農神이었고, 오리 밭이랑에 쟁기 끄는 황소였다.

앞 강 철교에 어둠이 내리면 철근같이 무거운 한 팔을 내려놓고, 읽지도 못하는 '키르케고르'를 넘기다가 책장 속 사각모 쓴 앳된 총각 남편 사진에 이르면, 마당가 늙은 산수유 가지에선 몸서리치며 뽑아내는 길고 긴 한숨 소리가 거친 강바람에 휘말려 강심에 닿았고, 코뚜레를 튕기는 매서운 탄금 소리가 탱자나무 울타리를 두들기며 울었다.

걸신같이 모진 근면 탓에 달 밝은 오밤중을 앉아 새기 예사더니, 화조花鳥를 치다가, 기러기를 지웠다가, 마침내 엄동설한에 천도화天桃花를 그렸다. 은백의 저 오랜 눈 녹아 강물로 가고, 앞산 붉은 꽃길 지나 또 가야 할 멀고 먼 장천 구만리, 내생의 길, 알고 감은 눈이 허공에 맑으시다.

어부의 친구

배는 떠다녀야 하나—
수평선 멀리 검은 바람의 기미에
멈칫 놀라 소스라치네만,

알면서 거센 파도를 거스르며
죽음의 두려움을 경험해도
아픔이란, 일상의 작은 것도
언제나 같은 부피로 일깨우며
용감한 그대는 나를 시험한다

드센 바람을 맞아, 맞서가며
고쳐 세운 돛대 위에 날개 깜박이며
배와 함께 파도 속을 자맥질하는
작은 바닷새 한 마리

당숙의 추억

강 건너 다리목
주막, 어스름 해 질 녘에
군에 가는 너네 삼촌
못 먹는 술에 한 가락 뽑고
우리 당숙 죽을 맞춰 한바탕 놀 때---
아아, 다는 모르겠고

가게 문도 안 닫고
비틀비틀 흥얼흥얼 재 넘어오며
가슴을 열었고,
주모는 눈시울 적셨다

앞뒤 안 맞는 말이지만,
찬모는 대중없이 주전자를 날랐고
펑펑 울던 이녁은
보따리를 싸고 따라나섰다

달이 환한 재 넘어 수수밭엔
발목 삔 호랑이가 자빠져 누웠고

오뎅가게 미스 張

초봄에 날아다니는 민들레 풀씨는
겨울이 와도 여전히 날 수 있지만
아무리 질겨도 바람 없이는 못 난다

주민증도 없이 흘러든 조선의 소녀가
버스 정류장 오뎅가게 주인이 되었는데
얼굴도 민들레같이 오종종 이쁘다

새로 놓은 철교 건너 밤 숲에는 하늘도 청명한데
기다릴 일이 없는 정거장, 하릴없이 첫차를 보내고
딱히 다음 차도 기다려지지 않는 시간에
앞 냇물은 청록으로 투명하여, ---

지난여름 소나기에 튕겨 오른 모래알들이
투사화처럼 얼룩진 오뎅가게 문턱 시울에
입술도 야무진 홍자색 제비꽃 서너 송이가
맑은 햇살 아래 생글생글 웃고 있었다

아라비아의 친구에게

사막이 대부분인 끝 모를 너의 영토에는
이야기도 사막의 모래알만큼 많다고들 하지
온갖 희로애락을 기막히게 배꼽 잡는 종장으로 처리하여
진기함이 더러 허황한 꿈같다 말하지만
너의 풍만한 팔등신에 번지는 여유로운 미소가
모든 개연성을 말해주고 있었지

아득히 먼 붉은 사구砂丘 아래 대추야자 숲에서
열흘 전에 마신 물로 아직도 사막의 야화夜話를 트림하는
사연 많은 낙타 등에 나란히 앉아, 우리는
쏟아지는 별빛을 아득한 남의 이야기로 윤색하고 있었지

오아시스를 역류하는 '아라비아의 봄소식'은
이른 봄 한강 물 풀리는 수면의 파열음 정도로 알지만
답답하여라, 사암 동굴의 현란한 벽화들의 표정들이
난해한 계시처럼 나를 불안게 하는데
사막의 초승달이 포연 자욱한 거리 위로
돌연히 비수 같은 마법의 빛으로 질주하고 있으니!

떠나는 날의 마지막 서성임으로

- 4 -

풀린 못가에서

11월의 창가에서

어제 내린 비에
젖어, 채 마르지 않은 빛바랜 잎들이
떠나는 날의 마지막 서성임으로
물기 얼룩진 버즘나무 가지를 붙잡고
바람의 방향을 바꾸는 유리창에
느린 파도처럼 드문드문 밤비가 두드린다
정처도 없이 나서는 맹목의 길을
무작정 재촉하는 이 비에
그 여름의 먼 해변에서는
채 스며들지 못하고 떠도는
열기 식은 언어들이
주인 잃은 모래성처럼
하나둘 무너져 내리겠다

빈 광장에서

눈발 아직 희끗한 광장 한 켠
늦은 시간 검은 대리석 의자 옆에 서서
잘 가, 하고 손을 흔들었다

눈에 언 깃털 하나 불빛에 흔들리고
두껍게 감은 목도리에 입을 묻고는
무게 없이 웅얼거리는 한마디, 잘 가

제각각 나부끼는 나뭇잎 몇 개
말려 감긴 커다란 활엽의 형상
어지러운 소용돌이로 구르다 깨어졌다

드문드문 밟힌 눈에 그려진
우연한 윤곽을 따라, 더러 뒤돌아보며
그림자 하나 걸어가고 있었다

눈 내리는 숲길에서

늦은 오후의 숲속
무심코 든 오솔길에 눈이 내린다
숲 사이 작은 은회색 하늘에서
밝기를 가늠할 수도, 이유도 없는
눈이 천천히 발길에 닿을 때,

빛을 머금은, 어둠 속
반짝임 없는 은은한 한 줌 빛이
나무들의 검은 허리에 깃든
숨은 이야기를 찾아내고
가지들과 잎에서 듣는 시련의 노래를
새로운 리듬으로 변주한다

오솔길 옆으로 트인
숲에 닿은 더 작은 오솔길
닫힌 유리창은 낮아지고
길을 건너 마주한 이웃의
높이 덧댄 창살에도
황등색 불빛이 밝아지며
수직의 고요한 눈이 내린다

겨울 개울가에서

은빛 버들치 허리에
실파래 일렁이며 무지개 뜨던 날
잠시 깨물다 던져버린 설익은 산딸기는
무심한 여울물에 떠내려가고
까닭 모르게 오금 저려 들며
놀란 숲에서는 소나기가 퍼붓더니 ---

구름빛 따라 돋는 뿌연 달개비 잎에는
돌아서면 어느새 이슬 맺혔었네
먼 날들이 살얼음에 함께 잡혀
오늘은 더 뿌연 은보라로 피네요
1월의 언 개울가, 그리운 이여, 아린 손끝에
실안개 가만히 피어오르네요

언 산죽山竹 곁에서

나무들 잎 다 떨구고
회색 가지들 사이로 햇살 차가워도
나는 생각해야 하는 기다림이 있습니다

눈에 싸여 스산한 바람 맞으며
시린 끝을 내밀고 있는 언 산죽이
푸념하는 주위의 회색에 묻혀
어두운 날의 낯빛을 참아내고 있을 때,

머문 계절의 노래와 입 다문 말들이
나무들 뿌리 근처 굳은 땅속에서
깊은숨을 갈아 쉬며 겨울을 견디고 있습니다

나목의 가지 끝에 터져 나올
잠자는 은빛 망울들의 속삭임을 그리며
날 선 산죽의 푸른 노래를 기다리고 있습니다

풀린 못가에서

날 선 산죽 잎에 연둣빛이 돌아도
숲속 웅덩이엔 살얼음이 두터웠다
지난겨울의 끝자락, 이 봄 시작까지도
나무들 그늘로 햇볕을 가려 연못 숨을 막아놓고
드리운 제 가지 끝은 수면에 얼어 잡혀 있었다

이제 햇살 투명해지고 풀린 봄날에
새들 하늘로 치솟고 바람 저으며 올 때
나무들 가지 들어 올리고 아지랑이 번지니
영산홍 가지마다 붉은 꽃 피우고
철없이 그림자 드리우며 고개 흔든다

마른 잎 물가로 밀려 나간, 구름 뜬 물 위에
새 그림자 스치며 보일락 말락 실파도가 인다

이른 봄 산에서

싹눈 트자면 아직 기다려야 할 검게 그을린 듯한 오리나무 등걸 허리께로 휘어져 걸쳐 있는 굽은 굴참나무 가지에 암갈색 큰 새 한 마리가 자세를 바꿀 때마다 오색 인광을 번쩍이며 예리한 부리로 발톱을 다듬는다

지향 없이 바람은 자꾸 불고 흔들려 부딪치는 두 나무의 여린 가지 사이를 기민하게 돌아가며, 소리 없이 옮겨 앉는 큰 새의 발아래 작은 새 한 마리 붙잡혀 있고, 까닭 없이 마주 서 있는 아그배나무와 작은 작살나무 무리 위로 피 묻은 하얀 잔털이 흩날린다.

능선 너머 멀리 떨어진 다른 숲속에는 숨은 듯 모여 저들만의 노래로 초롱 같은 머리를 쉴 새 없이 흔들며 굴리는 작은 새 몇 마리가 습관처럼 뜯고 있는 새가슴 아래로도 하얀 잔털이 눈처럼 날린다. 잔털엔 피 묻지 않았고, 노래는 비감悲感 없이 가늘다.

이름 모를 몇 개 풀싹들이 겨우 움트다 밟혀 구부정한 채로 고개를 들고 있는 이른 봄, 좁다란 산길, 아

지랑이 시리게 피고, 칡넝쿨 어느새 길을 넘어 뻗어
이웃한 나무에 감고 오를 기세이다. 맑은 하늘 희미
한 낮달 위로 엷은 구름이 지나간다.

여름 창가에서

굵은 빗소리 창틀에 울리고
푸른 라일락 잎새는 비바람에 누웠고
직박새는 빗속을 들락거리네

오늘도 일상에서
단절이나 단념 같은 흔해진 말들이
지난여름의 모습에 빗대어
다를 바 없는데,

언제 피었는지,
체념처럼 고요히 흐르는
이름 잊은 작은 난초 향기에
무거운 시야를 들어 올리네

들국 핀 숲길에서

햇살 비껴 흐르는
이끼 마른 바위 곁에
길게 따라 오던 나무들 그림자 깊어지고
돌아선 듯 숨어서 고개 젓는
하늘빛 들국 한 떨기가
짙은 숲 그늘에 소담하다
홀로 짓는 미소가
시름에 겨운 듯 쓸쓸하여
바위 밑을 흐르는 물소리 따라
숲의 적막을 흔들어 보았고
산새도 서로 쫓아 깃을 펄럭였지만
무엇이 진정한 적막인지는
그도 저도 말하지 않았다

비단실

가지 끝을
돌아 피어오르는
희맑은 실안개

땅속 깊은 데서
굳은 얼음에
실금 가는 소리

잠 깨는 풀뿌리 흔들어 재촉하는
실개천 가, 봄 길 터는
푸른 모랫길

서성이는 마음에
실없이 던지는 말
손짓만 하고,

갈 길 먼 사람
돌아보는 발길에 감기는
젖은 실바람

꽃이 지고

라일락 진 자리에는
수수꽃다리 씨앗 맺혀
구름 빛 띄워서 아픔 감추고
목련이 진 자리에는
서럽도록 푸른 이파리가
그 설움 감싸 안았네

자취도 없다는 날들이
해 저문 울타리에 기웃기웃 다가와
그림자 길게 뉘어 놓고
남은 햇살을 흔들며
떠나는 길모퉁이 쪽으로
끌고 가는 그림자 길어지네

언제 또 오려나
내일은 비가 올 텐데
꽃 진 자리 비에 젖어 울어도
모습들 알 수 없이 멀리 가 버리고
그림자 끌던 길목에선
물에 잠긴 발목이 외롭다

마애석상

충남 서산군 어디를 지나다가 산골 물을 보고 취해, 지혜가 깊어야 이해한다는 '관수觀水'라는 말을 중얼대다가, 물소리에 이끌려 산길로 접어 오른 한참 만에 길섶 돌멩이 하나를 발로 밀어 올려 찬 것이 되려 아래로 굴러 헛기침을 했는데, 너무 큰 기침 소리가 민망해서 뒤를 돌아보니 바위에 새겨진 석상 셋이 나란히 웃고 있었다.

오를 때 보지 못한 이 석상들은 암벽을 갈고 쪼은 마애磨崖 석상石像이고, 사람들의 입에서 '천년의 미소'가 되었음을 나중에 알았는데, 그날 하루를 보태고 이 일대를 운수승雲水僧 흉내로 헤맨 열이레를 보태어도 미소는 여전히 천년의 것이었다. 이 오랜 미소에 제대로 아는 척이라도 하자면 '관수'라도 알아야 하리!

머리 위로 모여드는 산까치들이 암벽 석상 위 솔숲을 들락거리며 초봄에 잘못 찾은 짝을 새로 가리는지 떼싸움을 벌여, 계곡을 건너간 산울림이 앞산조차 흔드는데, 천년을 관음觀音하기엔 두려운 건지 혹은 천

년을 보내다가 눈도 귀도 지쳐 버린 관음인지, 떼 까
치 아우성이 산 숲을 흔들고, 물어뜯긴 볏에서 선혈
이 낭자하고 흩날리는 깃털이 산 숲을 어질러도 미소
는 고요한 채로 빼지도 더하지도 못하는 천년에 멈춰
있었다.

한낮의 홍련

밝은 낮 흰 구름 아래
홍련 꽃잎이 하늘처럼 투명하다

물꿩 세 마리가, 서로
물고 튀고 치다가 풀쩍 뛰어올라
마주 쪼은 볏머리에 핏자국이 선연하다

못가를 지키는 돌하르방은
매몰찬 싸움에 혀를 차다가
저게 혹시 무슨 놀이인지도 몰라
말리지 못하고, 굵은 통목을 갸웃한 채
부릅뜬 퉁방울눈이 어리둥절한데

홍련은 더위 먹은 물꿩들을
넓은 이파리 그늘로 품어 안고
엷은 미소를 짓고 있다

빈집 2

등나무 왕성한 넝쿨에
푸른 꽃송이 맺었을 때
무덥던 여름은 까마귀도 즐거웠네

넝쿨들 뒤엉킨 담 너머
산자락을 도는 냇물 건너
빈 뜨락에서 산울림을 들었지

낡은 청기와 추녀 끝
남은 빗물, 낙수 지는 소리가
오늘은 시름으로 궁금하다

나비

나무들 사이에 네가 있을 때
마른 풀밭을 거닐며, 나는
가지들이 만드는 격자格子 속을 지나가는
빈 하늘을 바라보고 있었다.
기다림인 줄 모르는
깨지 못한 꿈 같은 것이었다.

나무들 사이를 나와, 네가
여린 가지 끝을 맴돌 때
숲으로 난 길에서, 나는
회색 거미줄에 맺힌
맑은 이슬방울을 황홀히 바라보며
낯선 두려움에 떨고 있었다.

아직도 나의 날들은
착각의 문을 두드리며
숲 너머를 떠돌다 돌아와
멈추지 못하는 날갯짓으로
닫힌 문의 언저리에서 피어오르는
푸른 결을 휘젓고 있었다

만가輓歌

꽃잎 하나
구름에 떠서 흘러
먼 산정을 넘고
휘몰아 울다 멎은
솔바람에 내리니

검은 이끼에
부서지는 젖은 달빛이
은빛 따라 흐르는
작은 산 여울에
물소리는 깊고

나뭇잎 져 내리는
바람 소리, 물소리,
풀의 노래, 새의 노래
설화가 깃드는 계곡
산빛이 짙다

꿈

높은 축대 중간에
충분한 수평을 거역하고
수직의 필요를 고집하는
아카시아 한 그루,

제 모습은 있지만
제자리가 아님을 모르고
불안한 돌 틈에 질긴 뿌리를 내려
안개구름에 휘감겨 도는
춤사위가 길어서 어지럽다

축대 위 첨탑이
벼락을 삼킬 때
하늘 길 비원인 걸---
어찌 구름 한 자락 노닌다 하랴
무심코 앉은 아찔한 자리를
피할 수 없이 견뎌야 하는
무모한 애원

까마중 3

한적한 들길에서
맑은 날엔 햇살에조차
몸을 사려
억새풀 깊은 속에 묻혀 있다
손톱 같은 잔꽃을
비로소, 새벽녘 미풍에
먼 별빛으로 깜박이는 것은

다 못한 일들이
그래, 좀 있기는 해서
때론 눈시울 적시지만

세상의 이별들, 그 흔한 축에 못 드는
여린 건지 어리석은지 실개천에 맴을 도는
떠내려가다가 어느새 역류하여
긴 타원의 맴돌기를 되풀이하는
작지만 떠내어지지 않는
미련 같은 것

무엇이 진정한 적막인지는

그도 저도 말하지 않았다

- 작품해설 -

먼 곳 '꽃잎'에 띄우는 편지

지연희(시인, 수필가)

먼 곳 '꽃잎'에 띄우는 편지

지연희(시인, 수필가)

시인의 길, 스스로 자초하여 등에 짊어지고 가
는 고행의 험난한 이 길은 신이 부여한 숙명의 굴레인지 모른
다. 그만큼 조바심하며 고뇌의 덫에 구금되어 밤새워 생각의 끈
을 푸느라 사념에 젖는 길이다. 깊은 사유로만 충만한 기쁨을 얻
을 수 있는 시인이라는 이름의 길에서 잠시 눈을 감아본다. 연만
한 시인의 옹골진 고뇌로 직조한 평생의 흔적 앞에서 다소곳이
머리 조아릴 수 있는 '충만한 기쁨'의 크기는 무엇인지 가늠하게
되는 한 해의 끝에 머물고 있다. 다시 한 해를 마무리하며 뒤돌
아보는 삶의 의미는 늘 아쉬움과 그리움이라 하지만 시인이 남
긴 한 줄 언어가 찬란한 빛으로 세상을 비춰낼 수 있다는 위로
가 행복하게 한다.

2013년 계간『문파』신인상에 당선되어 시인의 길을 걷고 있
는 이춘 시인의 첫 시집『답신』이 출간을 준비하고 있다. 풍성한
결실의 계절이 지나고 단풍 빛 무수한 시간으로 떨어진 조락의
허망에 전하는 수확의 응답 같아 따뜻하다. 빈 부대에 채워지는
낟알같이 풍요로운 결실로 우리 앞에 서게 될 이춘 시문학의 정

서는 서정성 짙은 자연 친화적 소재(꽃, 나무, 새, 시냇물, 바람)
등으로 버무린 생명 존재에 전하는 '답장'이어서 진지하고 처절
한 존재 이상의 아름다움이 있다. 피는 아름다움과 지는 슬픔이
삶의 내력으로 짚어지는 시편들이 진정한 가치를 지니며 하늘과
땅의 우주적 통찰을 예비하게 한다.

산벚나무 가지에선
안아도 넘치기만 하는
쏟아지는 꽃구름

아득해지는 생각
꽃잎 한 줌을 물에 띄웠네

버들치 허리에 무지개 떴다
징검돌에 두고 온 프리즘

연초록 언덕길이
남빛 아지랑이 속에
멀어져 간다
— 시「답신」전문

드리운 가지 끝
잎새 하나를
떨며 안타까이 놓지 못하고

시드는 잔꽃 언저리에

깊어지는 물빛을
물러서는 황혼 녘 설움으로
착각하는 밤

들을 수 없는 대답을
찾아 나선 바람은
빈 길을 휩쓸고 가는
제소릴 모른다
　　　　－시「10월의 밤은」전문

　시「답신」은 산벚나무 가지에 흐드러지게 피어난 벚꽃 무리
의 아름다움을 감당할 수 없어 '안아도 넘쳐' 쏟아지는 꽃구름에
젖어 드는 화자의 심경이다. 이는 존재의 허상으로 가닿지 못하
는 그리움이 깊은 장벽으로 가로막혀 허망한 아픔으로 구현되
는 과정이다. 만개한 벚꽃 무리의 아름다움이 가시지 않아 불현
듯 아득해지는 생각으로 꽃잎 한 줌을 물에 띄워 가닿을 수 없
는 유리되어진 공간적 슬픔의 답이다. 물 위에 띄워 그대의 가
슴에 닿기를 기원하는 이 답신은 '넘치는 봄소식'을 전하고 싶은
애틋한 사랑이다. '산벚나무 가지에선/안아도 넘치기만 하는/쏟
아지는 꽃구름'의 전언이 가득히 넘쳐난다. 벚나무 가지가지에
피어나는 꽃들의 향연이 눈부시게 클로즈업되는 시「답신」은 품
으로 안을 수 없는 꽃의 사랑이 기억의 언덕에서 사라져가는 안
타까움이 애잔하게 묻어나고 있다. 또한 시「답신」으로 제시한
멀어져 가는 '추억'의 잔상은 시「10월의 밤은」의 정서로 잇고
있어 이춘 시문학 시정詩情의 구체적인 메시지를 확연히 내포하

고 있다는 생각이다. '시의 기능은 이미지들을 구체적으로 제시하는 데 있으므로, 그 이미지들을 구체적으로 그리는 데 성공하는 언어를 선택하는 것이 시의 임무이자 책임'이라고 했다. 이춘 시문학의 정서는 그리움이며 고향의 개울가 꽃과 나무, 호수와 새들로 조망되어진 너와 나를 잇는 의미와 의미를 결합하는 언술에 가치를 둔다. '드리운 가지 끝/잎새 하나를/떨며 안타까이 놓지 못하고' 절규하는 나무의 잎새 사랑이 처절하게 들려온다. 사람이 어떤 대상에 보내는 마음의 정표는 비단 인간에게 국한되지 않는다는 사실을 시 「10월의 밤은」에서도 예시하고 있다. 나무가 가지에 남은 잎새 하나를 떠나보내지 못하고 안타까이 떨고 있는 모양이 애잔하다. '들을 수 없는 대답을/찾아 나선 바람은/빈 길을 휩쓸고 가는/제소릴 모른다' 는 스스로를 가늠하지 못할 만큼 혼미함 속의 화자가 처연하게 서성이고 있다. 어쩔 수 없이 떠나보낸 설움으로 들을 수 없는 대답을 찾아 나선 바람(화자)의 절규는 제소리조차 모르는 막막함으로 빈 길을 헤매고 있을 뿐이다. 잃어버린 소중한 이를 향한 그리움이 아닐 수 없다.

꽃잎 하나
구름에 떠서 흘러
먼 산정을 넘고
휘몰아 울다 멎은
솔바람에 내리니

검은 이끼에

부서지는 젖은 달빛이
은빛 따라 흐르는
작은 산 여울에
물소리는 깊고

나뭇잎 져 내리는
바람 소리, 물소리,
풀의 노래, 새의 노래
설화가 깃드는 계곡
산 빛이 짙다

      – 시 「만가挽歌」 전문

꽃잎 하나
물에 떠 흐르네
산 그림자 두고 흐르네

흘러간 그 소식
기다려봤지만, 대답 없네

꽃빛 아니라도
외로움 가득하여
대답 올 줄 알았네

흐를 줄 모르는 산 그림자

닿지 못한 저 편지
강기슭 여울에 맴만 도는
꽃잎 하나
　　　　　　 －시「홍매화」전문

　오늘 나는 이춘 시인이 맡겨 주신 한 권의 시집 읽기를 자처
하면서 사람이 사람을 향한 순연한 사랑이 얼마나 아름다운 가
치를 지닐 수 있는지를 확인하고 있다. 믿을 수 없을 만큼 홀연
히 떠나간 아내를 향한 그리움을 몸 가눌 수 없는 아픔으로 들
려 주는 시편들을 만날 수 있었다. 시「만가輓歌」는 아내의 상여
를 따르며 가슴으로 부르는 애도의 노래이다. 차마 산정에 내려
놓을 수 없는 이별의 아픔을 처연히 읊조리고 있다. '꽃잎 하나/
구름에 떠서 흘러/먼 산정을 넘고/휘몰아 울다 멎은/솔바람에
내리니'로 시작되는 이 시는 떨어진 꽃잎(생명을 잃은 아내)의
영혼이 구름에 흘러 산을 넘고 울다 멎은 곳은 솔바람 이는 장
지이다. 검은 이끼에 부서지는 젖은 달빛과 흐르는 작은 산 여울
물소리는 깊은데 나뭇잎 떨어져 내리는 바람 소리와 물소리, 풀,
새의 노래, 설화로 깃든 계곡의 산빛은 짙어, 밤 기울도록 이승
과 저승의 경계를 지어 홀로 떠나보내는 이의 아픔을 낱낱이 짓
고 있어 아프다.
　앞서 꽃잎 하나의 영혼이 구름에 흘러 산을 넘고 울다 멎어
'영혼의 집'에 드는 과정을 시「만가輓歌」의 노래로 들려주었다
면 다시 꽃잎 하나로 시작되는 시「홍매화」는 장례식 이후 어느
날 솔바람 이는 산정 아내의 집에 찾아온 화자가 대답 없는 아

내의 무언의 몸짓을 '물에 떠 흐르는 꽃잎 하나'로 소통하고 있
다. '꽃잎 하나/물에 떠 흐르네/산 그림자 두고 흐르네' 마치 나
를 두고 무심히 물에 떠 흐르기만 한다는 이 단장斷腸의 언어는
마침내 이별 이후의 흘러간 그 소식이 궁금하여 '기다려 봤지만,
대답이 없네'로 애달파한다. 특별한 꽃소식이 아니어도 '외로움
가득하여/대답 올 줄 알았네'라는 기대에 서 있지만 끝내 꽃의
대답은 물에 떠 흐르기만 할 뿐이다. 닿지 못한 저 편지는 강기
슭 여울에 맴만 도는 꽃잎 하나로 떠 흐를 뿐이다. 소통 부재의
침묵이 생사의 거리를 극명하게 응축시키는 시집 『답신』의 메시
지는 생명으로 사는 존재의 가치를 한껏 소중하게 하고 겸허하
게 하고 있다는 생각이다.

> 꽃 진 나무 사이 새 한 마리 날아와
> 고개 갸웃거리네
>
> 잎들 무성해 초록은 짙고 아득한데
> 하늘 먼 곳에서 아직 익숙하지 못한
> 소리 들려오고
>
> 천둥은 검다 말고 구름 속에 옅어져
> 꽃 진 자리에서 부서져 흩어지네
>
> 새의 날개 적시는
> 꽃 진 못가에, 수련 한 잎

다만 떠 있네
                    - 시 「낙화 후에」 전문

소나기 멎은 맞은편 하늘은
여전히 짙은 구름에 가려 깜깜하였고
어디쯤 맞닿아 있을 하늘도, 들녘도
윤곽을 지워 버린 어둠에 묻혀 있었다

돌연히 한줄기 섬광이 번쩍이며
하늘 아래로 산의 모습이 드러나는 순간
가득한 능선에 걸친 어둠이
거대한 공룡의 형태로 꿈틀대고 있었다

잴 수 없이 깊은 틈과 사이들이
긴 산맥의 협곡으로 이어져 있었고
빛은 한 깃을 만지는 순간마저도
어둠에 오직 함몰할 뿐이었다
                    - 시 「빛과 어둠 사이」 전문

  꽃이 지고 난 이후 세상은 한동안 침묵하였고, 한동안 빛과 어
둠 사이에서 혼돈의 시간으로 혼미하였으리라. 잃고 비어진 공
허가 쉬이 채워지지 않아 방황하였을 시인의 지난 시간을 들여
다보며 그래도 잘 견디셨다는 생각이다. 시 「낙화 후에」는 '하늘
먼 곳에서 아직 익숙하지 못한/소리 들려오고'라는 떠나보낸 아
내의 하늘 먼 곳 소식에 귀 기울이는 염려가 가득하다. '꽃 진 나

무 사이 새 한 마리 날아와/고개 갸웃거리는데' 이는 하늘 먼 곳
에서 아직 익숙하지 못한 아내의 모습인 듯 대답 없이 물 위에
떠 흐르던 꽃잎 하나가 날 짐승으로 현신 되어 그리운 이의 시
각에 현존하게 된다. 비로소 아내는 꽃잎이며 새 한 마리로 날
아와 세상 속에 공존하기 시작한다는 것이다. 또한 '천둥은 검다
말고 구름 속에 옅어져/꽃 진 자리에서 부서져 흩어지네'로 짚
고 있듯이 어둠에서 빛으로 흩어지는 그 막막한 죽음의 절망을
긍정하여 받아들이는, 아니 어쩌면 생사의 경계는 마음속에 자
리한다는 사실에 시인은 눈을 뜨게 된다. 그러므로 '새의 날개
적시는/꽃 진 못가에, 수련 한 잎/다만 떠 있네' 한 잎 수련(맑고
순수한 모습)으로 존재하는 아내의 모습을 바라볼 수 있다는 위
안이다.

　'소나기 멎은 맞은편 하늘은/여전히 짙은 구름에 가려 깜깜하
였고/어디쯤 맞닿아 있을 하늘도, 들녘도/윤곽을 지워 버린 어
둠에 묻혀 있었다' 언급하는 시 「빛과 어둠 사이」는 소나기로 맞
닥뜨린 꽃잎 떨어지고(아내의 죽음) 난 후 하늘은 여전히 짙은
구름에 가려 앞이 보이지 않는 절망 속에서 하늘도 들녘도 윤곽
을 지워버린 어둠이었다고 한다. 내일이 보이지 않는 좌절 속에
서 헤쳐 나올 수 없는 슬픔의 늪을 그려내고 있다. '돌연히 한줄
기 섬광이 번쩍이며/하늘 아래로 산의 모습이 드러나는 순간/
가득한 능선에 걸친 어둠이/거대한 공룡의 형태로 꿈틀대고 있
었다'는 깊은 고뇌와 번뇌로 가늠할 수 있는 제3의 세계를 경험
한 꿈속의 일화들이 마치 현실인 양 구조되고 있다. 이처럼 상상
의 세계를 뛰어넘는 가상의 언어들은 시인의 마음이 얼마나 헐

벗고 빈한하였는가를 극명하게 제시하고 있다. '잴 수 없이 깊은
틈과 사이들이/긴 산맥의 협곡으로 이어져 있었고/빛은 한 깃을
만지는 순간마저도/어둠에 오직 함몰할 뿐이었다'는 절대 절망
의 크기를 제시하여 보여준다.

　　눈발 아직 희끗한 광장 한 켠
　　늦은 시간 검은 대리석 의자 옆에 서서
　　잘 가, 하고 손을 흔들었다

　　눈에 언 깃털 하나 불빛에 흔들리고
　　두껍게 감은 목도리에 입을 묻고는
　　무게 없이 웅얼거리는 한마디, 잘 가

　　제각각 나부끼는 나뭇잎 몇 개
　　말려 감긴 커다란 활엽의 형상
　　어지러운 소용돌이로 구르다 깨어졌다

　　드문드문 밟힌 눈에 그려진
　　우연한 윤곽을 따라, 더러 뒤돌아보며
　　그림자 하나 걸어가고 있었다
　　　　　　　　　　　　　　－ 시 「빈 광장에서」 전문

그때는 하늘빛 꽃의 이름도 몰랐지요
긴 꽃대에 고개만 살랑이던 모습을 바라만 보고 있었지요
당신은 한쪽 손을 올려 바람에 흔들어 보이고

바람의 방향을 거스르며 손짓도 했었지요
나는 숲으로 날아드는 새의 울음에서 떨어지는 유리알을 보
면서
빛깔도 모른 채 건성 무슨 말로 대답만 해놓고
당신의 발걸음이 내 발등을 밟고 지나갈 때에야 비로소
날카로운 푸름이 뜻 모를 고요함으로 나의 무릎에 닿았지요
이제는 차가운 무서리에 시든 꽃대를 바라보며
당신이 걸어간 그쪽으로의 반대로 난 길에서, 저린 발걸음
으로
나는 자욱한 안개를 휘저으며 걷고 있지요
　　　　　　　　　－시「마른 붓꽃은 바람에 쓸리고」전문

　떠나보내지 못하는 것은 사람뿐이 아니다. 그와 함께한 사랑
이며 그와 함께한 고난과 고단함, 미련과 다하지 못한 추억들이
다. 아내가 떠나고 1주기가 지나 2주기가 넘은 듯싶은 이즈음에
도 시인의 가슴 속에는 아내의 지문을 지우지 못해 가난하다. 여
기서나 저기서나 '꽃잎 하나'의 형상은 새의 깃털로, 말려 감긴
활엽 하나로, 그림자를 이루며 손을 흔들고 있다. '눈발 아직 희
끗한 광장 한 켠/늦은 시간 검은 대리석 의자 옆에 서서/잘 가,
하고 손을 흔들었다' 눈에 언 깃털 하나 불빛에 흔들리고 두껍
게 감은 목도리에 입을 묻고는 무게 없이 웅얼거리는 한마디, 잘
가! 헤어짐의 인사이다. 사실 그가 누구이건 시「빈 광장에서」
손을 흔드는 대상은 '눈에 언 깃털 하나 불빛에 흔들리는' 비둘
기 한 마리로 축약할 수 있다. '제각각 나부끼는 나뭇잎 몇 개/말

려 감긴 커다란 활엽의 형상/어지러운 소용돌이로 구르다 깨어졌다'는 나뭇가지에서 떨어져 제각기 나부끼는 나뭇잎 몇 개와 말려 감긴 커다란 활엽도 마찬가지이다. 어지러운 소용돌이에 구르다 '깨어졌다'는 생명 소멸의 과정을 삶의 풍파로 예시하고 있는 소재들이다. 이 모든 광장의 조건들은 깨어져 사라지는 대상이며, 더러 뒤돌아보며 그림자 하나 죽음 저 너머로 다가가는 헤어짐이다. 잘 가! 라는 인사를 남기며-

어느 날 불현듯 죽음이라는 사지로 아내를 떠나보낸 슬픔과 절망의 충격들로 집결된 시집 『답신』은 간절하게 애틋한 사부곡思婦曲이다. 감당할 수 없는 이별의 아픔으로 해를 거듭한 긴 시간을 쓰러져 헤매던 이춘 시인의 그리움의 노래는 시 「마른 붓꽃은 바람에 쏠리고」라는 시를 통하여 저간의 폭풍우와 같은 시간들을 차분히 돌아보게 된다. 미처 배려하지 못한 사랑에 대하여 눈치채지 못한 말들에 대하여 안타까운 후회로 그리운 이를 추억하고 있다. 그때(아내가 살아 있을 때)는 하늘빛 꽃의 이름도 모르고 긴 꽃대에 고개만 살랑이던 모습을 바라만 보고 있었을 뿐, 당신은 한쪽 손을 올려 바람에 흔들어 보였지만, 빛깔도 모른 채 건성 무슨 말로 대답만 해놓고, 당신의 발걸음이 내 발등을 밟고 지날 때(나를 앞질러 저세상에 닿았을 때)에야 비로소 차가운 무서리에 시든 꽃대를 바라보며 당신이 걸어간 그쪽 반대(생명의 시간 속에서)로 난 길에서 자욱한 안개를 휘저으며 걷고 있다는 오늘. 여전한 그리움으로 오늘을 견디고 있는 시인의 아픔을 새삼 피부로 느끼지 않을 수 없다.

하늘과 땅으로 잇는 이 절대 한의 그리움은 무엇일까. 쉬이

끊어 버리지 못하는 인연의 고리는 무엇일까를 생각해 본다. 아내와 남편이라는 이름으로 맺어 놓은 부부의 연은 하늘이 점지한 수억만 겹 인연의 고리라고 한다. 합연기연合緣奇緣이라고 하는, 이상하게 결합하게 된다는 부부의 연은 이처럼 죽음으로 갈라 놓았다 하더라도 때문에 이 같은 견디기 어려운 슬픔으로 아파하는 모양이다. 오늘처럼 한파가 몰아치는 날이면 더욱 생각의 조각을 펼쳐낼 듯싶은 아름다운 그리움 하나 한 권의 시집으로 생명을 얻게 되어 여간 감사한 일이 아니다. 편편이 감동 어린 시어로 직조된 이 시집은 훼손되고 건조해진 현대인의 마음밭 삶의 가치를 재생시키는 따뜻한 기회가 되지 않을까 기대하게 된다. 먼 곳 홀로 떨어져 나간 '꽃잎 하나'의 외로움에 전송하는 답신인 까닭이다.

까마중

L e e   C h u n

시에 몰두하기 이전 얼마간 수필 공부를 하였습니다. 수필 문장의 시적 형용화를 염두에 두고 시작한 시 공부가 어언 삼 년, 첫 시집을 꾸몄습니다. 이왕 시집을 묶어내는 판에 자기비하 같은 겸손을 떨 거야 없지만, 기성 시들에 대한 나만의 접근과 비교 해석만으로도, 나의 것에 대한 소신의 무너짐 또는 좌절감 같은 걸 떨칠 수 없었습니다.

기성 명시들을 대하면서 그 오묘함이나 심오함에 닿을 때 그 깊은 울림에 전율하며 무릎을 치기도 했으나, 오늘 나의 시들은 소략한 주변 소재들을 시의 형태로 모양을 갖춘 정도이고, 초생추의 이른 봄나들이에 불과합니다. 하지만 내적으로는 큰 자족감을 느낍니다. 시격이야 어떻든, 주제들은 소중한 나의 생각이요 나의 서정이기 때문입니다.

이 첫걸음에 대한 반향이 두렵고, 자청한 돌길이지만, 고단한 시작詩作 끝에 오는 희열의 재미에 빠져 이제 멈출 수가 없습니다. 오늘을 있게 해주신 문파문학 지연희 교수님 감사합니다. 은연중 나의 시작을 독려하다 어느 날 돌연히 너무도 빨리 눈을 감은 나의 홍온선에게 이 시집을 바치며 명복을 빕니다. 계속 시를 쓰는 새벽을 맞이할 것입니다.

2018년 1월
이 춘

답신

이춘 시집